Diogenes Taschenbuch 20108

Wilhelm Busch

Max und Moritz

Herausgegeben von
Friedrich Bohne

Diogenes

Diese Ausgabe erscheint
in Zusammenarbeit mit der
Wilhelm Busch Gesellschaft,
Hannover

Inhalt

Max und Moritz

Vorwort

Ach, was muß man oft von bösen
Kindern hören oder lesen!!
Wie zum Beispiel hier von diesen,
Welche Max und Moritz hießen;

Die, anstatt durch weise Lehren
Sich zum Guten zu bekehren,
Oftmals noch darüber lachten
Und sich heimlich lustig machten. –
– Ja, zur Übeltätigkeit,
Ja, dazu ist man bereit! –
– Menschen necken, Tiere quälen,
Äpfel, Birnen, Zwetschen stehlen – –
Das ist freilich angenehmer
Und dazu auch viel bequemer,
Als in Kirche oder Schule
Festzusitzen auf dem Stuhle. –
– Aber wehe, wehe, wehe!
Wenn ich auf das Ende sehe!! –
– Ach, das war ein schlimmes Ding,
Wie es Max und Moritz ging.
– Drum ist hier, was sie getrieben,
Abgemalt und aufgeschrieben.

Erster Streich

Mancher gibt sich viele Müh
Mit dem lieben Federvieh;
Einesteils der Eier wegen,
Welche diese Vögel legen,
Zweitens: weil man dann und wann
Einen Braten essen kann;
Drittens aber nimmt man auch
Ihre Federn zum Gebrauch
In die Kissen und die Pfühle,
Denn man liegt nicht gerne kühle. –

Seht, da ist die Witwe Bolte,
Die das auch nicht gerne wollte.

Ihrer Hühner waren drei
Und ein stolzer Hahn dabei. –
Max und Moritz dachten nun:
Was ist hier jetzt wohl zu tun? –
– Ganz geschwinde, eins, zwei, drei,
Schneiden sie sich Brot entzwei,
In vier Teile, jedes Stück
Wie ein kleiner Finger dick.
Diese binden sie an Fäden,
Übers Kreuz, ein Stück an jeden,

Und verlegen sie genau
In den Hof der guten Frau. –

Kaum hat dies der Hahn gesehen,
Fängt er auch schon an zu krähen:
Kikeriki! Kikikerikih!! –
Tak tak tak! – da kommen sie.

Hahn und Hühner schlucken munter
Jedes ein Stück Brot hinunter;

Aber als sie sich besinnen,
Konnte keines recht von hinnen.

In die Kreuz und in die Quer
Reißen sie sich hin und her,

Flattern auf und in die Höh,
Ach herrje, herrjemine!

Ach, sie bleiben an dem langen
Dürren Ast des Baumes hangen. –
– Und ihr Hals wird lang und länger,
Ihr Gesang wird bang und bänger;

Jedes legt noch schnell ein Ei,
Und dann kommt der Tod herbei. –

Witwe Bolte, in der Kammer,
Hört im Bette diesen Jammer;

Ahnungsvoll tritt sie heraus:
Ach, was war das für ein Graus!

»Fließet aus dem Aug, ihr Tränen!
All mein Hoffen, all mein Sehnen,
Meines Lebens schönster Traum
Hängt an diesem Apfelbaum!!«

Tiefbetrübt und sorgenschwer
Kriegt sie jetzt das Messer her;
Nimmt die Toten von den Strängen,
Daß sie so nicht länger hängen,

Und mit stummem Trauerblick
Kehrt sie in ihr Haus zurück. –

Dieses war der erste Streich,
Doch der zweite folgt sogleich.

Zweiter Streich

Als die gute Witwe Bolte
Sich von ihrem Schmerz erholte,
Dachte sie so hin und her,
Daß es wohl das beste wär,
Die Verstorbnen, die hienieden
Schon so frühe abgeschieden,
Ganz im stillen und in Ehren
Gut gebraten zu verzehren. –
– Freilich war die Trauer groß,
Als sie nun so nackt und bloß
Abgerupft am Herde lagen,
Sie, die einst in schönen Tagen
Bald im Hofe, bald im Garten
Lebensfroh im Sande scharrten. –

Ach, Frau Bolte weint aufs neu,
Und der Spitz steht auch dabei.

Max und Moritz rochen dieses;
»Schnell aufs Dach gekrochen!« hieß es.

Durch den Schornstein mit Vergnügen
Sehen sie die Hühner liegen,
Die schon ohne Kopf und Gurgeln
Lieblich in der Pfanne schmurgeln. –

Eben geht mit einem Teller
Witwe Bolte in den Keller,

Daß sie von dem Sauerkohle
Eine Portion sich hole,
Wofür sie besonders schwärmt,
Wenn er wieder aufgewärmt. –

– Unterdessen auf dem Dache
Ist man tätig bei der Sache.
Max hat schon mit Vorbedacht
Eine Angel mitgebracht. –

Schnupdiwup! da wird nach oben
Schon ein Huhn heraufgehoben.

Schnupdiwup! jetzt Numro zwei;
Schnupdiwup! jetzt Numro drei;
Und jetzt kommt noch Numro vier:
Schnupdiwup! dich haben wir!! –
– Zwar der Spitz sah es genau,
Und er bellt: Rawau! Rawau!

Aber schon sind sie ganz munter
Fort und von dem Dach herunter. –

– Na! Das wird Spektakel geben,
Denn Frau Bolte kommt soeben;
Angewurzelt stand sie da,
Als sie nach der Pfanne sah.

Alle Hühner waren fort –
»Spitz!!« – das war ihr erstes Wort. –

»Oh, du Spitz, du Ungetüm!! –
Aber wart! ich komme ihm!!!«

Mit dem Löffel, groß und schwer,
Geht es über Spitzen her;
Laut ertönt sein Wehgeschrei,
Denn er fühlt sich schuldenfrei. –

– Max und Moritz, im Verstecke,
Schnarchen aber an der Hecke,
Und vom ganzen Hühnerschmaus
Guckt nur noch ein Bein heraus. –

Dieses war der zweite Streich,
Doch der dritte folgt sogleich.

Dritter Streich

Jedermann im Dorfe kannte
Einen, der sich Böck benannte. –

– Alltagsröcke, Sonntagsröcke,
Lange Hosen, spitze Fräcke,
Westen mit bequemen Taschen,
Warme Mäntel und Gamaschen –
Alle diese Kleidungssachen
Wußte Schneider Böck zu machen. –
– Oder wäre was zu flicken,
Abzuschneiden, anzustücken,
Oder gar ein Knopf der Hose
Abgerissen oder lose –
Wie und wo und was es sei,
Hinten, vorne, einerlei –
Alles macht der Meister Böck,
Denn das ist sein Lebenszweck. –
– Drum so hat in der Gemeinde
Jedermann ihn gern zum Freunde. –
Aber Max und Moritz dachten,
Wie sie ihn verdrießlich machten. –

Nämlich vor des Meisters Hause
Floß ein Wasser mit Gebrause.

Übers Wasser führt ein Steg
Und darüber geht der Weg. –

Max und Moritz, gar nicht träge,
Sägen heimlich mit der Säge,
Ritzeratze! voller Tücke,
In die Brücke eine Lücke. –

Als nun diese Tat vorbei,
Hört man plötzlich ein Geschrei:

»He, heraus! du Ziegen-Böck!
Schneider, Schneider, meck meck meck!!« –
– Alles konnte Böck ertragen,
Ohne nur ein Wort zu sagen;
Aber wenn er dies erfuhr,
Ging's ihm wider die Natur. –

Schnelle springt er mit der Elle
Über seines Hauses Schwelle,
Denn schon wieder ihm zum Schreck
Tönt ein lautes: »Meck, meck, meck!!«

Und schon ist er auf der Brücke,
Kracks! die Brücke bricht in Stücke;

Wieder tönt es: »Meck, meck, meck!«
Plumps! da ist der Schneider weg!

29

Grad als dieses vorgekommen,
Kommt ein Gänsepaar geschwommen,

Welches Böck in Todeshast
Krampfhaft bei den Beinen faßt.

Beide Gänse in der Hand,
Flattert er auf trocknes Land. –

Übrigens bei alledem
Ist so etwas nicht bequem;

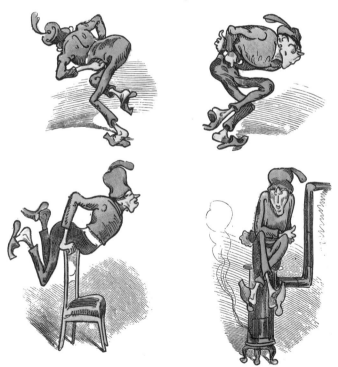

Wie denn Böck von der Geschichte
Auch das Magendrücken kriegte.

Hoch ist hier Frau Böck zu preisen!
Denn ein heißes Bügeleisen,
Auf den kalten Leib gebracht,
Hat es wieder gut gemacht. –

– Bald im Dorf hinauf, hinunter,
Hieß es: Böck ist wieder munter!!

Dieses war der dritte Streich,
Doch der vierte folgt sogleich.

Vierter Streich

Also lautet ein Beschluß:
Daß der Mensch was lernen muß. –
– Nicht allein das A-B-C
Bringt den Menschen in die Höh;
Nicht allein im Schreiben, Lesen
Übt sich ein vernünftig Wesen;
Nicht allein in Rechnungssachen
Soll der Mensch sich Mühe machen;
Sondern auch der Weisheit Lehren
Muß man mit Vergnügen hören. –

Daß dies mit Verstand geschah,
War Herr Lehrer Lämpel da. –

– Max und Moritz, diese beiden,
Mochten ihn darum nicht leiden;
Denn wer böse Streiche macht,
Gibt nicht auf den Lehrer acht. –

Nun war dieser brave Lehrer
Von dem Tobak ein Verehrer,
Was man ohne alle Frage
Nach des Tages Müh und Plage
Einem guten alten Mann
Auch von Herzen gönnen kann. –
– Max und Moritz, unverdrossen,
Sinnen aber schon auf Possen,
Ob vermittelst seiner Pfeifen
Dieser Mann nicht anzugreifen. –
– Einstens, als es Sonntag wieder
Und Herr Lämpel, brav und bieder,

In der Kirche mit Gefühle
Saß vor seinem Orgelspiele,

Schlichen sich die bösen Buben
In sein Haus und seine Stuben,
Wo die Meerschaumpfeife stand;
Max hält sie in seiner Hand;

Aber Moritz aus der Tasche
Zieht die Flintenpulverflasche,
Und geschwinde, stopf, stopf, stopf!
Pulver in den Pfeifenkopf. –
Jetzt nur still und schnell nach Haus,
Denn schon ist die Kirche aus. –

– Eben schließt in sanfter Ruh
Lämpel seine Kirche zu;

Und mit Buch und Notenheften,
Nach besorgten Amtsgeschäften

Lenkt er freudig seine Schritte
Zu der heimatlichen Hütte,

Und voll Dankbarkeit sodann
Zündet er sein Pfeifchen an.

»Ach!« – spricht er – »die größte Freud
Ist doch die Zufriedenheit!!!«

Rums!! – da geht die Pfeife los
Mit Getöse, schrecklich groß.
Kaffeetopf und Wasserglas,
Tobaksdose, Tintenfaß,
Ofen, Tisch und Sorgensitz –
Alles fliegt im Pulverblitz. –

Als der Dampf sich nun erhob,
Sieht man Lämpel, der gottlob!
Lebend auf dem Rücken liegt;
Doch er hat was abgekriegt.

Nase, Hand, Gesicht und Ohren
Sind so schwarz als wie die Mohren,
Und des Haares letzter Schopf
Ist verbrannt bis auf den Kopf. –

Wer soll nun die Kinder lehren
Und die Wissenschaft vermehren?
Wer soll nun für Lämpel leiten
Seine Amtestätigkeiten?
Woraus soll der Lehrer rauchen,
Wenn die Pfeife nicht zu brauchen??

Mit der Zeit wird alles heil,
Nur die Pfeife hat ihr Teil. –

Dieses war der vierte Streich,
Doch der fünfte folgt sogleich.

Fünfter Streich

Wer in Dorfe oder Stadt
Einen Onkel wohnen hat,
Der sei höflich und bescheiden,
Denn das mag der Onkel leiden. –
– Morgens sagt man: »Guten Morgen!
Haben Sie was zu besorgen?«
Bringt ihm, was er haben muß:
Zeitung, Pfeife, Fidibus. –
Oder sollt es wo im Rücken
Drücken, beißen oder zwicken,
Gleich ist man mit Freudigkeit
Dienstbeflissen und bereit. –
Oder sei's nach einer Prise,
Daß der Onkel heftig niese,
Ruft man »Prosit!« allsogleich,
»Danke, wohl bekomm es Euch!« –
Oder kommt er spät nach Haus,
Zieht man ihm die Stiefel aus,
Holt Pantoffel, Schlafrock, Mütze,
Daß er nicht im Kalten sitze –
Kurz, man ist darauf bedacht,
Was dem Onkel Freude macht. –

– Max und Moritz ihrerseits
Fanden darin keinen Reiz. –
Denkt euch nur, welch schlechten Witz
Machten sie mit Onkel Fritz! –

Jeder weiß, was so ein Mai-
Käfer für ein Vogel sei. –

In den Bäumen hin und her
Fliegt und kriecht und krabbelt er.

Max und Moritz, immer munter,
Schütteln sie vom Baum herunter.

In die Tüte von Papiere
Sperren sie die Krabbeltiere. –

Fort damit, und in die Ecke
Unter Onkel Fritzens Decke!

Bald zu Bett geht Onkel Fritze
In der spitzen Zippelmütze;
Seine Augen macht er zu,
Hüllt sich ein und schläft in Ruh.

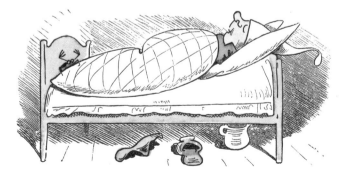

Doch die Käfer, kritze kratze!
Kommen schnell aus der Matratze.

Schon faßt einer, der voran,
Onkel Fritzens Nase an.

»Bau!!« – schreit er – »Was ist das hier?!!«
Und erfaßt das Ungetier.

Und den Onkel, voller Grausen,
Sieht man aus dem Bette sausen.

»Autsch!!« – Schon wieder hat er einen
Im Genicke, an den Beinen;

Hin und her und rund herum
Kriecht es, fliegt es mit Gebrumm.

Onkel Fritz, in dieser Not,
Haut und trampelt alles tot.

Guckste wohl! Jetzt ist's vorbei
Mit der Käferkrabbelei!!

Onkel Fritz hat wieder Ruh
Und macht seine Augen zu. –

Dieses war der fünfte Streich,
Doch der sechste folgt sogleich.

Sechster Streich

In der schönen Osterzeit,
Wenn die frommen Bäckersleut,
Viele süße Zuckersachen
Backen und zurechtemachen,
Wünschten Max und Moritz auch
Sich so etwas zum Gebrauch. –

Doch der Bäcker, mit Bedacht,
Hat das Backhaus zugemacht.

Also, will hier einer stehlen,
Muß er durch den Schlot sich quälen. –

Ratsch!! – Da kommen die zwei Knaben
Durch den Schornstein, schwarz wie Raben.

Puff!! – Sie fallen in die Kist,
Wo das Mehl darinnen ist.

Da! Nun sind sie alle beide
Rund herum so weiß wie Kreide.

Aber schon mit viel Vergnügen
Sehen sie die Brezeln liegen.

Knacks!! – Da bricht der Stuhl entzwei;

Schwapp!! – Da liegen sie im Brei.

Ganz von Kuchenteig umhüllt
Stehn sie da als Jammerbild. –

Gleich erscheint der Meister Bäcker
Und bemerkt die Zuckerlecker.

Eins, zwei, drei! – eh man's gedacht,
Sind zwei Brote draus gemacht.

In dem Ofen glüht es noch –
Ruff!! – damit ins Ofenloch!

Ruff!! – man zieht sie aus der Glut –
Denn nun sind sie braun und gut. –

– Jeder denkt, »die sind perdü!«
Aber nein! – noch leben sie! –

Knusper, knasper! – wie zwei Mäuse
Fressen sie durch das Gehäuse;

Und der Meister Bäcker schrie:
»Achherrje! da laufen sie!!« –

Dieses war der sechste Streich,
Doch der letzte folgt sogleich.

Letzter Streich

Max und Moritz, wehe euch!
Jetzt kommt euer letzter Streich! –

Wozu müssen auch die beiden
Löcher in die Säcke schneiden?? –

– Seht, da trägt der Bauer Mecke
Einen seiner Maltersäcke. –

Aber kaum daß er von hinnen,
Fängt das Korn schon an zu rinnen.

Und verwundert steht und spricht er:
»Zapperment! Dat Ding werd lichter!«

Hei! Da sieht er voller Freude
Max und Moritz im Getreide.

Rabs!! – in seinen großen Sack
Schaufelt er das Lumpenpack.

Max und Moritz wird es schwüle,
Denn nun geht es nach der Mühle. –

»Meister Müller, he, heran!
Mahl er das, so schnell er kann!«

»Her damit!!« – Und in den Trichter
Schüttelt er die Bösewichter. –

Rickeracke! Rickeracke!
Geht die Mühle mit Geknacke.

Hier kann man sie noch erblicken
Fein geschroten und in Stücken.

Doch sogleich verzehret sie

Meister Müllers Federvieh.

Schluß

Als man dies im Dorf erfuhr,
War von Trauer keine Spur. –
– Witwe Bolte, mild und weich,
Sprach: »Sieh da, ich dacht es gleich!« –
– »Ja ja ja« rief Meister Böck –
»Bosheit ist kein Lebenszweck!« –
– Drauf so sprach Herr Lehrer Lämpel:
»Dies ist wieder ein Exempel!« –
– »Freilich!« meint der Zuckerbäcker –
»Warum ist der Mensch so lecker?!« –
– Selbst der gute Onkel Fritze
Sprach: »Das kommt von dumme Witze!« –
– Doch der brave Bauersmann
Dachte: »Wat geiht meck dat an?!« –
– Kurz, im ganzen Dorf herum
Ging ein freudiges Gebrumm:
»Gott sei Dank! Nun ist's vorbei
Mit der Übeltäterei!!«

Anhang

Der erste Hinweis auf ›Max und Moritz‹ steht in einem Briefe Buschs vom 12. Dezember 1863 an seinen ›Jung-Münchener‹ Freund und späteren Verleger Otto Bassermann: *Was die ausgequetschte Zitrone anbelangt, so will ich Dir nur vorläufig bemerken, daß in den Abenden bereits etwas Neues mit circa 100 Zeichnungen für den Holzschnitt fertig skizziert ist . . .* – An diesem *Neuen* hat Busch wohl erst nach einer längeren Pause weitergearbeitet. *Wenn ich ein kleines Kinderbuch, das ich angefangen, beendigt habe, so werde ich für ein paar Wochen an der Weser hinaufgehen; etwa in 14 Tagen . . .,* schrieb er Bassermann am 11. August 1864. Ein Vierteljahr darauf bot er ›Max und Moritz‹ dem Dresdener Verleger Heinrich Richter an. Der hatte gerade Buschs *Bilderpossen – Der Eispeter, Katze und Maus, Krischan mit der Piepe, Hänsel und Gretel –* »sehr elegant und solide« herausgebracht. Dennoch ließen sie sich nur schwer verkaufen. Der Maler Adrian Ludwig Richter, Heinrich Richters berühmter Vater, wenngleich von der Max-und-Moritz-Handschrift angetan, warnte – und so wanderte die Bubengeschichte, der es bestimmt war, das berühmteste Kinderbuch in deutscher Sprache zu werden, erst einmal wieder an ihren Verfasser zurück. Und der hatte, wenn er seine wirtschaftliche Lage schnell verbessern wollte, nur diesen Ausweg:

Wiedensahl d. 5. Febr. 65.

Mein lieber Herr Braun!
Wie sehr würde es mich freuen, einmal wieder etwas von Ihnen zu hören! Ich schicke Ihnen nun hier die Geschichte von Max u. Moritz, die ich zu Nutz und eignem Pläsier auch gar schön in Farben gesetzt habe, mit der Bitte, das Ding recht freundlich in die Hand zu nehmen und hin und wieder ein wenig zu lächeln. Ich habe mir gedacht, es ließe sich als eine Art kleiner Kinder-Epopöe vielleicht für einige Nummern der fliegenden Blätter und mit entsprechender Textveränderung auch für die Bilderbögen verwenden.
Zu einer weiten Reise konnte ich mich in dieser kalten Jahreszeit nicht entschließen und bin auch dazu nicht eingerichtet; sonst hätte ich wohl schon zu Weihnachten mein Bündel geschnürt, um Ihnen persönlich zu sagen, wie sehr ich wünsche, nun bald wieder recht fleißig für Sie zu arbeiten. – Abgesondert von allem Verkehr und eingeschneit bis über die Ohren, beschleicht einen das Gefühl der gänzlichen Einsamkeit, und der Wunsch wird rege, diejenigen Bekanntschaften sich zu erhalten, welche durch die Jahre erprobt sind; das sind halt doch die besten!

Mit freundlichem Gruß
Ihr W. Busch

Kaspar Braun, Holzschneider, Gründer und Herausgeber der Münchener humoristischen Wochenschrift ›Fliegende Blätter‹ und der ›Münchener Bilderbogen‹, hatte Wilhelm Busch im Künstlerverein ›Jung-München‹ entdeckt und seit 1859 recht gut beschäftigt. Aber er hatte ihn auch ziemlich knapp gehalten. Nun nahm er den »vorüberschlendernden Strolchen«, dessen Befreiungsversuch gescheitert war, in Gnaden wieder auf und erwarb für die einmalige Summe von 1000 Gulden – das sind etwa 1700 Goldmark – ›Max und Moritz‹ mit allen Rechten. Busch, offenbar beglückt, reagierte dennoch nicht ganz ohne Vorbehalte. Der Brief an Braun vom 26. Februar 1865 enthält auch einiges, was sich der Empfänger hinter die Ohren schreiben sollte.

... Ich habe mit Freuden gesehn, daß Sie mir Ihr früheres Wohlwollen und sich selber einen vortrefflichen Humor bewahrt haben. Da stehn Sie mir nun recht lebhaft vor Augen als ehrsam-heitrer Landmann, der, an der Spitze eines muntern Chors von Schnittern auf dem Felde mit der Ernte beschäftigt, einen vorüberschlendernden Strolchen betrachtet, der ich selber bin. Geben die Götter, daß Ihr freundlich-prophetischer Blick in die Zukunft sich bewahrheiten und dieser unruhvolle Dornen- und Wanderstab endlich abgelegt und ein stilles Eckchen finden möge!

Was passiert mir nun aber Merkwürdiges, daß ich es Ihnen mitteilen könnte? – Das Interessanteste, das ich hier sehe, ist der neunjährige Sohn meines Nachbars, der grad unter meinem Fenster den Tummelplatz seiner jugendlichen Spiele hat. Dieser junge Mensch macht sich in dem engen Kreise seiner Wirksamkeit das Leben so angenehm wie möglich. Ißt er sein Morgenbutterbrot, so versäumt er sicher nicht, einem hungrigen Hunde jeden Bissen erst vor die Nase zu halten, eh er ihn selber ins Maul schiebt; wodurch er sich, nebst der Annehmlichkeit, die der Genuß eines Butterbrots schon an sich zu gewähren pflegt, auch noch das Vergnügen verschafft, einen andern das entbehren zu sehn, was er selber genießt. – Sobald die Mistpfütze bis oben mit Jauche gefüllt ist, zieht er seine eignen Stiefel aus und steckt seines Vaters Stiefel an, um darin herumzupatschen. – Muß er sich schneuzen, so schmiert er den Schleim ohne Frage auf den Türdrücker oder an den Pflugstiel; denn dadurch verschafft er sich erstens Luft, und zweitens die Genugtuung zu sehen, wie ein andrer hineintappt. – Gackelt irgendwo ein Huhn, gleich schleicht er hinterher, nimmt das warme, kaum zur Welt gebrachte Ei sofort in Empfang und vertauscht es im Laden des Krämers gegen die Süßigkeit des Candiszuckers. – Ja, sogar aus dem Bedürfnisse des Schiffens weiß sich dieser erfinderische Kopf eine Quelle des Vergnügens zu schaffen. Indem er nämlich den Schlauch vorne zusammenkneift, treibt er so den Strahl mit Heftigkeit bald steil in die Luft, bald in Parabeln und Hyperbeln und allen Kurven der höheren Geometrie auf den Schnee, oder in die Astlöcher der Balken und Bretter, und wehe der unglücklichen Spinne, die, durch den nahenden Frühling hervorgelockt, in irgendeiner Spalte sich blicken läßt: Rückzug, schleunige Flucht, oder der bitterste Tod: das ist die Alternative.

Bei dem letzthinnigen (pardon für das Scheusal von Wort!), bei dem zuletzt gehabten starken Frostwetter flog auch ein kleiner Zaunkönig in mein Schlafzimmer. Ich nahm das kleine Tierchen in meine Stube, und hier hüpfte und schlüpfte er nun emsig überall herum; in Kisten, Kasten, Schubladen, Tobackskasten, Holzschuhe (o schöne Ordnung!), und bald waren alle alten Fliegenmumien radikal aufgezehrt. Jetzt setzte ich ihm gekochte Kartoffeln vor, vergebens; jetzt Grütze, nicht rühr an; jetzt einen Talgstummel, ohne Erfolg; jetzt Mehlwürmer, das war getroffen!

Aber war es nun der Verlust der Freiheit, oder die Stubenluft, oder der Tobacksqualm – kurz – noch am selbigen Abend blusterte er die Federn auf, machte die Augen zu, wackelte vor- und rückwärts, kroch in die Nähe des Ofens und verschied. Dieser Trauerfall rührte meinen kleinen Neffen, einen Knaben von vier Jahren, zu bitteren Tränen. – Und dies, mein lieber Herr Braun, wären die wichtigsten meiner gegenwärtigen Erlebnisse . . .

Der neunjährige Sohn des Nachbarn, der seine temporäre Freiheit rücksichtslos genießt, und der gewiß wohlerzogene kleine Neffe, der sich vom Tode eines verirrten Zaunkönigs zu Tränen rühren läßt – zwischen diesen Polen liegen viele Stufen kindlichen und nicht nur kindlichen Verhaltens. Busch breitet seine Beobachtungen und Reflexionen geradezu genüßlich und mit einem Schuß trotziger Ironie vor seinem Gönner aus. –

Steht der Verfasser des ›Max und Moritz‹ auf der Seite der Erwachsenen, Bevorrechteten? Der Klugschwätzer – wie Lämpel? Der Autoritäten – wie Onkel Fritze? Der Geflügelhalter »mild und weich« – wie die Witwe Bolte? – – Oder steht er auf der Seite der beiden Übeltäter? ». . . so ganz wohl nicht.« Er hat allenfalls mit ihnen sympathisiert. Im übrigen hat er nur »abgemalt und aufgeschrieben«. Er steht über den Parteien. Und dabei blieb es.

Im März 1901 fragte ihn ein Mädchen, das 14 Jahre alt gewesen sein mag, *ob Max und Moritz eine wahre Geschichte sei.* Busch antwortete: *Nun, so ganz wohl nicht. Das meiste ist bloß so ausgedacht. Aber einiges ist wirklich passiert, und denn, daß böse Streiche kein gutes Ende nehmen, da wird sicher was Wahres dran sein.* Und 1905 antwortete er einem Jungen, der ihm in Knittelversen geschrieben hatte:

> *Max und Moritz machten beide,*
> *Als sie lebten, keinem Freude;*
> *Bildlich siehst Du jetzt die Possen,*
> *Die in Wirklichkeit verdrossen,*
> *Mit behaglichem Gekicher,*
> *Weil Du selbst vor ihnen sicher.*
> *Aber das bedenke stets:*
> *Wie man's treibt – mein Kind –*
> *So geht's.*

– Daß sich Buschs und Brauns Wege dann doch wieder trennten, weil der Verleger keine Anstalten machte, den auch in der zweiten Hälfte der 6oer Jahre noch nicht auf Rosen gebetteten Verfasser des ›Max und Moritz‹ an dem bald beträchtlichen Gewinn zu beteiligen, war zu erwarten. Als Busch am 15. April 1902 70 Jahre alt wurde, traf aus dem Münchener Verlagshaus als späte Max-und-Moritz-Tantieme ein Geldgeschenk von 20 000 Mark ein. Der Jubilar gab es zu gleichen Teilen an zwei Krankenanstalten in Hannover weiter. Dem damaligen Verlagschef, Professor Hermann Schneider, schrieb er am 16. April 1902: *Das mir zugedachte Geschenk werde ich mit Dank annehmen und . . . über die Summe zu einem wohltätigen Zwecke verfügen. Es wird mich sehr freuen, wenn die alten Verstimmungen dadurch einen ausdrücklichen Abschluß finden . . .*

›Max und Moritz‹, das am weitesten verbreitete Kinderbuch in deutscher Sprache, über vierzigmal in mehr als dreißig Sprachen übersetzt,
oft vertont, für die Bühne bearbeitet, getanzt, von Werbeleuten geschätzt,
viel nachgeahmt und einige Male parodiert, in summa: nicht umzubrin-
gen, wurde bei seinem Erscheinen, wie man sich im Januar 1907 beim
Verlag Braun & Schneider München erinnerte, »von den Lehrern & Päd-
agogen im höchsten Grade angefeindet«. 1865 glaubte »niemand im Buch-
handel . . ., daß das Buch eine zweite Auflage erleben würde«.

Die Bilder der vorliegenden Ausgabe, um etwa 1/10 verkleinert, sind nach
einem handkolorierten Frühdruck aus der Zeit um 1870 reproduziert
worden. Der Text wurde nach der Handschrift von 1864 neu durchgesehen.   *F. B.*

Literatur

Hemmo Müller-Suur: Max und Moritz unmoralisch? in: Göttinger Uni-
versitätszeitung vom 12. April 1948 und in: Wilhelm-Busch-Jahrbuch
1949, 36ff.
Friedrich Bohne: Nachwort zur Faksimileausgabe ›Max und Moritz‹,
Hannover 1962
Walther Huder: Max und Moritz oder die boshafte Heiterkeit, in: Wil-
helm-Busch-Jahrbuch 1964/65, 32ff.
Friedrich Bohne: Das Phänomen Max und Moritz, in: Hundert Jahre
Max und Moritz, Katalog der Ausstellung im Wilhelm-Busch-Museum
April/Juni 1965
ders.: Vorwort zu ›Wilhelm Busch. Eine Auswahl für Kinder‹, Mannheim
1967
ders.: Zum Thema ›Max und Moritz‹, in: Karikaturen – Karikaturen?
Katalog der Ausstellung 1972/73 im Kunsthaus Zürich, 48ff.

Wilhelm Busch
im Diogenes Verlag

Das Wichtigste von Wilhelm Busch als schöne
Studienausgabe in sieben Bänden, herausgegeben
von Friedrich Bohne, in Zusammenarbeit mit dem
Wilhelm-Busch-Museum, Hannover. Alle Bilder-
geschichten sind nach Originalvorlagen, nach An-
drucken von den Originalhölzern oder nach aus-
gesuchten Erst- und Frühdrucken reproduziert. Alle
Texte sind nach Handschriften, Verlagsabschriften
und Erstausgaben neu durchgesehen und mit einem
kritischen und erklärenden Anhang versehen.

Max und Moritz
Eine Bubengeschichte in sieben Streichen
Mit einem Nachwort von Dr. Friedrich Bohne
Als Vorlage diente ein ausgesuchter
handkolorierter Frühdruck

Gedichte

Die fromme Helene

Tobias Knopp
Trilogie

Hans Huckebein
Fipps der Affe
Plisch und Plum

Balduin Bählamm
Maler Klecksel

Eduards Traum
Der Schmetterling
Mit einem Nachwort des Herausgebers
zu dieser Ausgabe,
Chronik und Bibliographie

Außerdem erschienen:
Die schönsten Gedichte

Hausbücher
im Diogenes Verlag

»Diese Bücher sind Hausbücher,
das heißt, sie wollen wieder und wieder
zur Hand genommen werden,
wollen Grundstock kindlicher Bildung sein.«
Frankfurter Allgemeine Zeitung

Das große Liederbuch
Über 200 deutsche Volks- und Kinderlieder aus dem 14. bis 20. Jahrhundert, gesammelt von Anne Diekmann unter Mitarbeit von Willi Gohl. Alle im Originaltext und in der Originalmelodie. Illustriert mit über 150 bunten Bildern von Tomi Ungerer.

Das große Buch der Kinderreime
Die schönsten Kinderreime aus alter und neuer Zeit, Auszählverse, Spielgedichte, Abzählreime, Versteckstrophen, Kinderlieder, Schüttelreime, Rätselsprüche, aufgesammelt sowie etliche neu dazuerfunden von Janosch und illustriert mit über 100 farbigen Bildern.

Das große Märchenbuch
Die 100 schönsten Märchen aus Europa. Gesammelt von Christian Strich. Mit über 600 Bildern von Tatjana Hauptmann.

Das große Buch von Rasputin, dem Vaterbär
Das Riesenbuch vom Vaterbär. Sechsundsechzig Geschichten aus dem Familienleben eines Bärenvaters, erzählt und gemalt von Janosch.

Das große Beatrix Potter Geschichtenbuch
Aus dem Englischen von Ursula Kösters-Roth, Claudia Schmölders und Renate von Törne.

Das große Katzenbuch
Die schönsten Geschichten, Gedichte und Aphorismen aus der Weltliteratur. Ausgewählt von Anne Schmucke, mit vielen Bildern von Tomi Ungerer.

Das große Sagenbuch
Die schönsten Götter-, Helden- und Rittersagen des Mittelalters. Nacherzählt von Johannes Carstensen. Mit vielen Bildern von Tatjana Hauptmann.